가끔 이렇게 허깨비를 본다
김형수 시집

문학동네시인선 129 김형수

가끔 이렇게 허깨비를 본다

시인의 말

시인을 성자로 알던 시절이 너무나 그립다.
24년이나 휴지기를 두었지만 나의 옛 마음을 찾을 수 없
었다.

왜 이토록 삶을 기뻐하지 못했을까?
돌아갈 길이 끊긴 자리에 한사코 서 있는 모양이라니!

그래도 네번째 시집이라 불러야 한다.

2019년 12월
김형수

차례

1부 형, 울지 좀 마라

2부 눈에 불이 있고 뺨에 빛이 있는 친구

1부

형, 울지 좀 마라

눈먼 가수의 길

어릴 때는 어린 노래가 있었다
담양에 가면 외항선을 타던 선배가 양담배를 피우며
항구의 노래를 들려주고는 했다
벽지의 골방에도 시골 논둑에도
노래가 가득차서 천지는 푸르고
기분 나면 읍내 관방천 토끼장까지 찾아가
흘러간 노래를 붙들고는 했다
생각난다 길이, 그 수많은 길의 얼굴이
가난과 독재, 실패한 연애의 계절에도
노래는 우거지고
나무도 잎새도 그 위의 하늘도
선율로 가득한 젊음이 끝나도
목쉬어 우는 소멸의 노래가 다시 살아나
풀잎 시든 벼랑에도 메아리가 있었다
자살한 친구의 수첩에도 그 발자국이 있었다
세상은 가도 가도 악보의 지붕들 전봇대들 도로들
얼마나 먼 곳, 우브르항가이에서도
늙은 아낙네가 소녀 적에 배운 이별가를 부른다
아, 케이프타운 뒷골목 검은 황혼에도 사랑이 흘러
노래는 내내 저물지 않고

눈물이 가려 보이지 않네

눈물 속에 서 있어 보이지 않네

흐느적대는 물살같이
밀려가고
또 와요

눈물 속에 서 있어 보이지 않네

벌거벗은 섬같이
당신은 가고
또 와요

아, 지난밤 꿈에 얼마나 많은 꽃잎이 졌는지

휘감기는 바위같이
씻겨나간 백사장같이

나는 왜 울고만 있는지요

하모니카 블루스

하모니카를 불 때마다

그녀가 나의 정원에 온다

꽃도 새도 떠나간 어두운 길을

열 굽이 스무 굽이

오면서 盲— 盲— 눈을 감긴다

빈 가지의 이슥한 고요

자객의 헛칼질 같은 바람 소리

하모니카를 불 때마다

그녀가 와서 빙빙 맴돌아대고

취한 배 물살에 미끄러진다

제 빛을 어둠에 남기려는 것처럼

수숫잎 서걱대는 11월의 붓자국

마지막 스쳐간 실눈 기슭

라이터를 그으며

거리의 입간판 탕탕 소리치는
벽지 터미널 문 닫힌 벽 앞에서
그으면 꺼지고 그으면 꺼지는
불꽃의 혀 같은 담뱃불에
내 마음은 왜 흔들리고 싶은가
바람 불고 비 오고 번개 치는 밤에
막차를 타는 것은 오늘만이 아닌데

번쩍
천둥이 지나며 파헤친 어둠
흐트러진 거리
숨 딱 멈추고,
한 여자의 실루엣이 노루처럼 뛰다가
찰랑, 옷깃이 휘날려
찰랑, 머리칼도 나뭇잎도
파도처럼 물결쳐

캄캄한 어둠 아득히 떨어지는
빗방울 곁에
수직의 기억들 흥건히 꽂히는
터미널 처마밑 가판대 곁에
남기고 갈, 우는 사람이 있는 것도 아닌데
왜 자꾸 허둥대고 싶은가

그 옛날 초가을 들녘에 엎드려
돋보기로 정성껏 담뱃불을 붙이던
가쁜, 가쁜 숨소리를 뱉으며 기침하고 싶은가

사라진 빛이여
섬광 같은 첫 순간들을 훔쳐간 귀신들이여
때아닌 허공에 유성처럼 꼬리치는 명상의 춤이여
북소리 두두두 대지를 울리는
막차는 아직 어둠 속에 있고
나는 이 밤 갈 길이 먼데
왜 연신 꺼지는 라이터를
긋고 또 그어 어둠에 묻히는가

밤 기차에서

나무들이 일제히 손을 흔들고 있어
잎, 잎, 바람에 목이 쉰 새처럼
나는 목마른 세계를 이렇게 스쳐가지
그리고 이번 역이 마지막은 아닐 거라
삶은 또 어딘가에 닿을 거라
그렇게 덧없이 정거장을 지나지만
등뒤에 남는 건 하나뿐
누가 영원을 말할 수 있을까
마주치는 어둠은 저리도 깊고
가슴의 통증도 귓전의 숨소리도
세상은 듣지 않네
기차는 떠날 뿐
밤하늘을 가득 담은 유리창과 함께
이 별도 언젠가 티끌이 되겠지
사랑의 사슬을 끌고 다닌 것들
죽을 땐 생애의 세목에도 끼지 못할
한없이 선명한 슬픔의 나체를
눈동자 두 개가 묵묵히 보고 있어

해인(海印)

바다가 운다
좋은 사람 보이면 들떠서
가버리면 또 슬픔이 끓어서
오는 파도 가는 발길
미쳤지 내 목소리는
휴일 오후 이불 속에 누워서도
네 귀에 닿을 바람을 찾고
영혼이란 이다지 어처구니없을까
울고 싶을 때
쓸데없이 울음이 이야기를 지어낼 때
가짜야 거품이야
가슴 먹먹한 사랑도 황홀도
한없이 들떠 서쪽으로 간다
반짝이는 백사장 반짝반짝
빛에 파묻혀 까무룩 숨겨간
석양이여
무참히 부서져 얼굴도 없는
너무 많은 발자국
파도 흰 파도 우우 떼 몰려 가버린 뒤에
바위가 혼자 젖은 몸을 말린다

혼몽(昏懜)의 집

떠벌이 복서 무하마드 알리가
죽음의 링에서
그 집을 발견했다

맞고 터지고 정신을 잃다보면
들어가 쉬고 싶은 방문이 보인단다

나, 지금 그 앞에 와 있다

시대의 슬픈 관능 위에서
더불어 궁핍했던 지상의 촉수(觸手)들아

아프고 병든
인간들의 극장에서
맹인 가수처럼
우리는 노래했다

세상의 혼란과 사랑의 목마름을
저 완강한 삶의 공허 앞에
주저앉은 사람을, 인생을, 이별을

이제 목도 쉬고
듣는 이도 없다

나도 들어가 편하게 눕고 싶다

그리고 마지막으로 무하마드 알리가
링 위에 누우며 했던 말을 떠올린다

너를 먼저 보내고 싶었는데
내가 와서 이렇게 기다리는구나

타버린 불꽃의 흔적

뒷주머니에도 없었다
명함 갈피에도 끼어 있지 않았다

내 가슴 태우던
사랑인지 혁명인지 꿈이었는지

목말라라 아,
타버린 불꽃처럼 사라져버린 것

매번 모이에 코끝을 맞추어 쪼고,
또다른 모이에 코끝을 맞추는
닭처럼

하나의 일에 코끝을 맞추어 쪼르르 달리고,
곧바로 다른 일에 코끝을 맞추는
닭처럼

평생 그 짓만 반복하다 갈 것처럼

그러다 어느 날
탈탈— 털어도 나오지 않았다

집에 가면 있을까

혹시, 구겨진 라면 봉지에 버려졌을까

혹시, 내 몸 어딘가에 처박혀
지금도 나와 함께 숨쉬는 중일까

그 많은 날
다 탔다면 재라도 남아야 할
바람에 날렸다면 허공에라도 있어야 할

오, 오오

암 병동

메마른 가을이었다. 지난날 내 무능과 오만이
아내 몸에 쌓여 씻기지 않았다.

앙상한 나뭇가지가 닿고 싶은 자리는 어디였을까?

의사가 조각칼을 들어 인체 안의 먼지와 때꼽을 파냈지만
지울 수 없는 것이 있다 하였다.

눈을 감아도 떠도 나는 탈레반 병사
세계는 아득한 포연 속에 있고

전공의(專攻醫) 휴게실을 개조해 만든
5인용 병실에는 스무이레 동안 환자들이 다녀갔다.

맞은편 침상에서 또 하나 죽어간 날

밥 좀 먹을래? 아내는 답이 없다.
TV는 대통령 후보를 셋씩이나 풀어서 시끄럽고

요새는 애들도 나이가 많아!

사선(死線)을 걷는 인간은 신음으로 웅변한다.
중환자가 지고 가면 사소한 농담도 중화기가 된다.

절망이 가벼우면 인격과 학식은 종잇장이지!

앙상한 가지들은 도대체 생의 어디쯤을 가다 멈추는가 말
이다.

숨막히는 병실 창밖으로
백년의 문학사가 기러기처럼 지나간다.

시인의 상가(喪家)

무늬만 현란한 시인의 상가였다.
평소 친했던 것들은 오지 못했다.
어제 영양실조로 죽은 시인의 영정 앞에
더불어 슬퍼하고 식음조차 전폐했던
달빛도 주눅들어 조문하지 못했다.
억지춘향으로 배달돼 온 꽃들만
표정 없이 벌들을 섰다.
한때 빛나던 시절을 증언하는
동창회 이사회 주식회사 이름표들

부의금을 받으면서 계산해보니
지난 50년 동안 시인의 입술이
최하 저수지 하나는 먹어치웠다.
뱃속의 장기들은, 주인이 아무리 게을렀다 해도
최하 양계장 하나를 분뇨 처리했다.
그럼에도 문상객들은 넙죽넙죽 엎어진다.
열의 아홉은 배가 나와 절하는 것도 불편하다.
얼마나 많은 산천초목을 먹어치운 자들인가
얼마나 많은 들판의 곡식과 축사의 짐승들을 바닥낸 자
들인가

그러고도 아득바득 국밥들을 먹는다.
육신의 짐칸마다 문명이 과적되어

영혼이 있어도 날지 못한다.
하나같이 명석한 두뇌들을 가졌지만
사색의 바퀴들도 단거리 수송이 아니면 견디지 못한다.
신발 뒤축도 구겨 신은 채
그저 서둘러 술상을 찾아가며
야~ 씨팔~ 주저앉는 소리들.
주정꾼 둘이 싸우는 틈에 시인이 슬그머니
저승으로 옮겨가는 것을 본 사람이 없었다.

종점 근처

놈은 언제나 숨쉬는 세계를 손아귀에 쥐고 있다
해가 지는 순간에도 예쁜 여자의
젖통을 놓지 않는다
그 울퉁불퉁한 숨결의 밑바닥
강물이 높낮이를 갖듯이
햇볕에도 파인 곳이 있다
달빛에도 수렁이 있다
종점 근처는 모든 것이 싸고
골목마다 어지러운 그림자를 뻗으며
아이들을 부른다

하지만 나는 너무나 넓은 오늘 속에 파묻혀
앞도 뒤도 보이지 않네

헛꽃

천지가 욕이다 한 송이 서너 송이

어려서 늘 아비 뒤에 숨더니

커서도 양아비 병풍처럼 세우고

무화과에 꽃 필까 가리고 싶지?

햇빛도 나비도 몽땅 다 가져라

두어 송이 대엿 송이 열아홉 스무 송이

냄새도 없이 모양만 요란한

헛꽃 밤낮 피어 있어도

열매 하나 맺지 못할 요망한 것이

때깔 고운 건 알아가지고

자세 나온다 에구에구 박수 쳐주마

나는 여기 서서 내 무덤을 판다

1
한반도가 시궁창 같다는 사람이 있었다

정직하게 걸을수록 안전하지 않다

고운 잎이 벌레 먹는다는 말을 처음 들었을 때 받았던 충격

 한때 순정을 이지메하던 병동에서 나는 인생 수업을 마
쳤다

 오늘도 젖은 물방울들이 서로 부서지는 속을 나는 흐르
고 있다

2
이사회가 있었던 다음날
영근 형이 전화해서 마구 욕질을 해대었다
속에서 짜증이 올라 불끈 받아치기 직전
한없이 서러운 울음을 쏟아낸다

그 자식
네 끼는 굵은 얼굴이드라 면도조차 안 하고
그럴 거면 명편(名篇)이라도 좀 내놓지
내가 1980년대의 종점인 줄 알았는데 남일이가 종점이

었어

갑자기 무장해제되어 얌전하게 끓어버렸다

형, 울지 좀 마라

3
멀리 공사장에서 일하는 인부가
제 무덤을 파는 노인처럼 보였다

쉬는 날 마포 삼층에 앉아 담뱃불을 붙일 때면
연기 같은 영혼 천삼백 개가 파는 천삼백 개의 무덤이 보
인다

나도 여기 서서 내 무덤을 판다

어떤 끝에서

다들 서쪽으로 갔다

이곳을 만든

이곳을 남긴

쓸쓸히 문 닫고 집을 비운 사람들

마지막 발자국이 찍히고 나면

누군가가 남아서 태양을 끌 것이다

아,

사춘기 때 기대어 하모니카 불던

엉덩이 비뚤어진 소나무도 하직하라

그 위의 낮달도 돌아누워라

기러기떼 흘리고 간 밤이슬도

새벽하늘 깨뜨리던 닭 울음도

멎어라

이제 전혀 다른 날이 온다

공장의 달

숨이 막힐 것 같아
마을 앞 공터에 앉아도
끝없이 날아오는
먼지

어쩜
고장난 환풍구 같은지
토끼 두 마리 방아 찧는 그림
그려진 기계가 캑캑

해쑥한
진폐증 걸린
그녀 허파 같은지
별들은 또 희미한 주근깨 같은지

2부

눈에 불이 있고 뺨에 빛이 있는 친구

야생의 기억

여행은 끝났다
고원에는 인적이 없고
썩은 동물의 사체들만 뒹굴었다
대자연에게 살해된,
깡마른
시간의 가죽옷 한 벌

대지에 숨은 바람의 노래여
사막에 뿌려진 새의 울음이여
한때는 검은 비구름을 뚫던
날개 꺾인 육신의, 뼈 위에
피 위에
연기처럼 섞이는 풀들의 숨소리여

나는 끝내 지우지 못했다
무수한 별빛이 발끝에 떨어져
대낮 속에 부서지고 부서져도
손바닥에 남는 마지막 이기(利己),
햇살에 긁히는 초라한 지성을
시간은 우우 파도처럼 쓸려가고
나그네들이 일제히 쫓기는 소리

모래에 찍힌 발자국 몇 개는

일몰이 지나가도 지워지지 않았다   —

차바퀴에 부서지는 별빛

별이 떨어지네 돌아오는 길에
고원에는 부서진 빛들이 묻힌
풀 무덤, 하늘의 묘지
어둠은 늑대 울음 기슭에 일행을 묻고
나는 전조등만 외로운 광야를 헤쳐 오는 길
무엇이 저토록 차바퀴에 깔리는지
거친 바람결에 지문조차 지워진
얼굴 없는 사막
낙타 등짝 같은 대지 끝에서
혼자 깬 새끼 양이 숨죽여 엿보는
그 틈에도 아이가 자라 몸 팔러 가고
빈자리는 항상 어둠의 속삭임
아아악, 불빛 도시에 닿고 싶지 않아요
경악하는 저 별똥과 함께
무엇이 첩첩 어둠 속에 잠기는지
배호도 김추자도 없는 머나먼 차창까지
사라진 많은 날이 매달려 우는
깊은 밤 돌아오는 차바퀴 뒤에
무엇이 저토록 첨벙첨벙 숨지는지

나그네 새

늘 쫓기고는 했네

가슴의 발 내릴 곳 없었지

고향은 춥고

조는 듯 깨는 듯

날다보면 아득한 하늘 물소리

머물 수 없어 사랑도 참았네

허공 어지럽힌 발자국

바람이 다 쓸어갈걸

텃새들의 땅 빌려 쓴 허물

울음까지 뿌리라 말게

커서 쓸 눈물 어릴 때 바닥났으니

겨울 막북(漠北)

눈 오는 날 깨어보면
하늘로 땅으로 분주한 햇살
사막은 어디 가고 말(馬)들만 있다
독수리도 눈밭에서 신발끈을 고치는가
설원(雪原)은 볼에 붉은빛이 번져 있다
바람도 여기 오면 이동 거리가 넓고 걸음이 빠르다
세수를 하지 않은 소녀의 얼굴
장난기와 수심이 마구 뒹굴어댄, 땟자국에서 문득
어릴 때 이혼 싸움을 피해서 우리집에 오곤 했던
친척 누나가 하던 말이 떠올랐다
너희 집은 단지 가난할 뿐이야 가난은 아무것도 아냐
그 누나도 차암, 어떻게 가난이 아무것도 아니란 말인가
달리고 달려도 벗어날 수 없는데……
어디에서 새들이 울었지만
귀에서 마음으로 오는 길을 잃어버렸나
하지만 추울수록 작은 생각은 씻겨가고
큰 생각은 더욱 선명해진다
아무도 듣지 않겠지만 나는 고독한 새소리로 울고 싶었다
너무도 부러웠으므로
이 나이에 새삼 가난이 준 마음을 잃을까 두려웠으므로
내 키가 더욱 낮아지는 것을
아는지 모르는지 소녀는 피식 웃을 뿐이다
도시로부터 아득히 멀고 너무나 추운,

미성년자로 늙은 땅 한가운데를
나는 들떠서 헤매고 있다

내가 잡은 메뚜기를 날려보낸 여자에게

낮에 참새에게 먹힌 메뚜기의 혼이 밤에 독수리의 이마에 뜬다

살아 있는 것들의 숨소리로 가득찬 신령스러운 두려움이여

하늘로 난 창을 가진 유목민 집에 옛날에 잃어버린 발자국들이 한없이 온다

네 목소리는 이미 지운 대낮 속에 있다

나는 언어가 다른 눈빛들의 홍수를 얼마나 헤엄쳤는지

젖은 몸이 마르지 않는구나

내일은 아직 사람이 살지 않는 곳, 또 건널 것이다

16세 소녀의 뼈로 만든 피리 속을 빠져나온 바람 소리

메뚜기처럼 참새처럼 독수리처럼 사슬에 얽힌

세계는 슬프고 운명은 항상 찰나의 계곡을 아슬아슬 통과한다

작은 이슬 노래

담 밑에 어떤 날은

순 햇살뿐이여

집 나간 엄마가 1년에 두 번

등 돌리고 숨어 기다리던

학교 앞 담 밑에

어떤 날은 휭 바람뿐이여

그래도 허공에서 맨날 눈물 떨어져

광야를 가득 채운 유령

허공에서 운다
소리도 없고 형체도 없이
새가
지평선 종착점에 끝이라고 쓴다
육신의 바람이 밀려가는 것처럼
우우
생명의 파도가
포말처럼 끓다가 꺼져가는 것처럼
우우우
사람들은 죽는 걸 눈감는다 말한다
광야에 가득찬
눈빛
감을 거면 감아라
어차피 불길이 타고 나면
심장에서 간과 췌장까지
모두 한 더미 재 아닌가
내 온기의 실체이자 그림자
옛사랑이
옛날에 마구 불타던 얼굴이
저 먼 곳에 놓였다가
돌아서자 어느새 저 앞에 와 있다
아직도 40년 저쪽
논둑에서 보던

새가
마지막 눈빛을 찍고 찍어서
끝이라고 쓴다

8백 개의 고원에서

"성을 쌓는 자는 망하고 이동하는 자만이 흥할 것이다."
—톤유쿠크

나, 여기 있어.

지는 햇빛 속에 그날의 바람 소리.
뛰는 말발굽. 천둥 번개처럼 달리고,
비와 우박같이 쏟아지는,
가쁜 숨소리.

아, 새떼가 무슨 말을 했는지,
하늘이 어떻게 떨렸는지,
기울어진 햇살이 잔디밭에 누워,
풀들과 나눈 사랑이 얼마나 다정했는지.

그래도 한차례 미친바람 불고,
모래 먼지 지나고,
또 비가 뿌렸어.
여기 봐.

그날 죽은 세 마리의 늑대는 작은 언덕이 되었어.
봄가을이 8백 번을 쉬어갔지.

수천억 중생들도 홍수처럼 밀려,
옛 세월의 기슭으로 떠내려갔어.

풀들은 해마다 새롭게 자라, 길을 잃었어
용사의 발자국도,
그들을 실어나른 백마의 발자국도
알아볼 수 없도록 지우고 또 지웠어.

그러나 아직 여기 서 있어.

시퍼런 향기, 그날의 별빛, 차디찬 이슬.
곧 밤이 오고, 유목민의 전투가 시작될 거야.
난 기다리고 있어.
이 피맺힌 8백 개의 고원에서.

자무카*의 노래

오논강 찬바람 속에 우리는 서 있었지
강물이 꽁꽁 얼어 꺼지지 않았어
눈에 불이 있고 뺨에 빛이 있는 친구
나이 차이도 생각지 않고 둘의 고집도 잊은 채
우리는 서로 지문도 보여줬네
나의 운명을 엿본 네게, 너의 운명을 보여준 내게
양의 복사뼈가 닳고 닳은 후
늑대들 속에서 또 만났구나
헤를렌강 얼음도 꺼지지 않겠지
눈에 불이 있고 뺨에 빛이 있는 친구
멋대로 가는 세파에도 무릎 꿇지 말기를
거칠고 험한 추위에도
마음의 성에가 끼어 흐려지지 않기를

* 테무진의 의형제. 12세기 말 몽골고원의 격동기에 출현한 장수.

내 머리통 속에서

해는 떠오르고 말들은 뛴다
발굽에 밟힌
쓰러진 풀 곁에서 빛나는 뼈들
—대륙을 누비던 살은 흙이 되고
근육은 바람이 되었다—

풀들이 쓸려갈 때 그것이 보인다
윤회의 마지막 발자국 같은
뼛조각은 이제 어디로 가는가
풀에도 모래알에도 염소의 뿔에도
말라붙은 소똥에도
매달려 울던 바람이여

내 머리통 속에서
황혼이 내리고 그 속을 가로질러
말을 탄 일가족 다섯이 지나가고
가다가 멀어져 보이지 않을 때까지
벌레들은 풀뿌리 틈새에 잠자리를 펴고
—말발굽에 차여 이불이 뒤집힌 녀석은
그 밤을 얼마나 목이 쉴거나—

시작도 끝도 없는 시간 속 어디에
너도 나처럼 나도 너처럼

갈 길은 먼데

내 머리통 속에는
양떼가 서서 이슬을 맞고
달빛도 낙타의 등을 넘는다
숱한 별을 가진 하늘도
천막집 지붕과 지붕을 돌고

아득도 해라
서울 명동 지하도 꽃 상가 앞 벤치에 앉아
컵라면을 먹는 머리통 속으로
가다가 길 잃은 숱한 생각들
가다가 가다가 가다가 놓친
사람들, 짐승들, 바람들

시작도 끝도 없는 시간 속 어디에
너도 나처럼 나도 너처럼
갈 길은 먼데

매번 막막한 지평선에 갇혀
저노무 지평선은 끝도 없네,
퍼뜩 정수리에 번개가 치듯 아하,
모든 것이 바뀌고 있었구나!

우리는 이렇게 지상을 지나며
매 순간 우주의 각도를 바꾸고 있다
그것은 무슨 가치가 있는가

그래도 내 머리통 속으로
그 밤 무서웠던 늑대가
별빛에 발 시린 초원을 가로질러
너처럼 나처럼
혼자서 간다

슬픈 열대
—사이공

오늘 새벽, 비엔동 호텔 뒤안에서 닭이 울었다
그 소리를 나보다 천장의 도마뱀이 먼저 들었다

내 방 창 밑에는 햇살보다 빠르게 캥거루 같은 시클로가
뛰어다닌다
내가 손짓하자 청바지를 기워 입은 시클로가 달려왔다
나는 황제처럼, 또 옛 시간을 거슬러 배고픈 남광주를 찾
아가리라
한길에는 벌써 생물(生物)들이 가득하다
얕게 파인 아스팔트를 지나며 우주가 한차례 기우뚱 흔
들릴 때
몸종처럼 황급히 추억이 동행한다 귀찮지 않다
다만 청바지의 다리통이 염려스러울 뿐이다 아이처럼 크
다 만,
아침 빵을 굶었으면 식은땀이 밴 종지에서 김이 나리라

옆에는 여전히 낯선 땅이 앉아 있다
내가 쫓아가자, 게으른 바람이 겨우 콧구멍에 발을 디민다
시원함보다 비린 풀냄새
나는 그와 함께 불볕 속을 달린다
오, 우물처럼 깊은 베트남의 하늘이여
지상에서 또 한 번 네 얼굴을 보는구나
배구공처럼 튀어올라 우물에 흠씬 젖고 싶지만

세계는 수의(囚衣)처럼 답답한 더위로 덮여 있다

줄넘기를 하는 아이들의 몸에서도 땡볕이 참깨처럼 하얗
게 털린다

나는 끊은 지 4년 된 담배를 꺼내 물고, 깊은숨 하나를 하
늘에 보탠다

싸게 산 중고 지포에선 전쟁의 불꽃이 혀를 빼문다

"나는 죽어 천당에 갈 것이다. 왜냐면 살아 지옥에 있었으
니까―상병 W. 윌리엄"

오, 인간을 죽인 자는 詩를 안다

신중현도 록을 위해 이곳을 꿈꿨지만 나는 죽음이 흔해
싫구나

도회 복판에서 장례 행렬을 만난다 통행을 막는 일쯤 잘
못이 아니다

마른 수숫대처럼 선 채로 일제히 머리를 숙이고 삶보다 죽
음을 경배하는 사람들

울어라 내 손이 카메라 셔터를 눌러대는 것을 내가 몰랐다

아마도 이 풍경은 산 자들의 것이리라

네거리에 이르러 시클로가 잠시 멈칫대는 동안,

퉁명스러운 오토바이가 클랙슨을 울리고, 액셀을 밟는다

소음기에서 엔진이 울부짖는 소리

저게 혹 호텔 카운터의 민차오 양은 아닐까

─　　내 눈길은 한사코 따라가본다, 아니어도 좋다

　　어젯밤 나는 폐허의 성터에서 따이한 미망인이 우는 것
을 보았다

　　그 순간 사진틀 속의 소녀를 훔쳐보고, 오 비겁하다 오
빠여,

　　그때 왜 내 곁에 재우고 싶었던가

　　해먹에 누워 흔들리던 여인, 다시 찾는다 없다

　　잎 큰 야자 우산을 쓴 가로수를 지나 거리 가득 자전거 물
결 넘치고

　　신호등이 바뀌면 벌떼처럼 일제히 사람들은 뜨는구나

　　나도 이 무숙자(無宿者)들 틈에 끼어 마지막으로 세상을
뜬다 가고 가고

　　어디로 가는가 대답도 없이

　　하늘을 가린 롱 갓과 소매 긴 토시와 눈밑까지 가린 복
면 속에

　　너의 영혼은 감추어져 있다

　　지쳤다 나는 이글대는 해가 땅에 닿길 기다려,

　　벤탄시장 노점에서 아오자이를 사고,

　　이윽고 밤이 와 일박(一泊)을 풀었다

　　따이한네 일가족은 오늘도 아리랑식당 처마밑에 임시 야
간 숙소를 틀고

─

벼 낟가리 밑에 모인 참새떼처럼 밤이 지나는 것을 지켜 ㅡ
볼 것이다

자연은 하루 동안 그들을 비켜가고, 그들에게 내릴 비는
길을 적실 것이다

내일 또 불태우기 위하여

나는 볕에 덴 몸에 찬물을 끼얹고 침대에 누워,

수증기처럼 내 마음이 천상(天上)에 오르는 것을 본다

궁남지를 떠나가는 연잎 행렬을 거슬러 걸으며

바람 불자 마구 뛰기 시작한다
나뭇가지들, 마른 풀잎들, 말라비틀어진 쭉정이들
우주의 외진 모퉁이를 울리는 발소리
저 많은 중생이 이승을 빠져나가는 통로가 어디인지 나
는 모른다
연잎들도 이번이 처음이 아니련만
길 잃고 부서져 우는 것들도 있다
전쟁터를 빠져나가는 피란민처럼 다급한
여름 제국의 퇴각로를 걸으며 나는
불쑥불쑥 무서워지곤 한다

모든 흥망성쇠란 시골 국밥집 같은 것이다
의자왕도 생의 마지막날에 여길 다녀갔을 것이다

인가가 끊긴 개울 앞을 건너는
나의 옷깃을 길 잃은 바람이 흔들고 간다
귀가 먹먹하다 그뒤로 또 바람이 오고
그뒤로 마구 잎들이 쓸려가고
버드나무들도 일제히 머리를 풀어헤쳐 떠나는 자들을 경
배한다
수명이 다 됐으니 어서 엉덩이를 털고 서야
겨울이, 봄이 들어설 자리가 생기지
이딴 생각이나 하다가 정신을 까무룩 놓치곤 한다

신발은 왜 자꾸 벗겨지나 몰라
도취된 자들아 너희들의 문명은 너희들의 것이니
세상에는 반드시 추문도 풍문도 무의미한 날이 온다
현직 장관도, 책을 백만 부씩이나 판 작가도
결국 저 행렬의 일원이 될 것이다

그나마 흙길이라 다행이지
한 세대가 준열히 떠나가는 소리조차
젊음이 달린 귀는 들을 수 없다
욕망에게 내리는 천형(天刑)이 끝나지 않는 가을 궁남지
에서
나는 자꾸 무성한 날을 돌아본다

3부

불현듯 멀어지고 있어요

부음

마침내 밀래미어(語)는
2006년 10월 7일 동틀 무렵에 죽었다.
우리 모국어의 마지막 달인
함평 각설이가 서거한 것이다.

빌어먹을!

이 슬픈 부족사(部族史)의 부음을
천애의 고아가 된 내가 전한다.

서울 어딘가에
이풍진 형님과 곱슬이가 살지만
추장이 떠나면 대지는
불 꺼진 극장처럼 깜깜해진다.

이제 저장소도 없고,
기록 보관소도 잃게 된 말들

나의 시도 식민지가 될 것이다.
한숨도 그리움도 표준어로 번역하마.

날궂이

마음이 한사코 땅에 닿네

누가 남긴 목숨
이고 가는지

창밖 가득 흐느끼는 소리

비비비 비비비
옛 생각 쏟아져 견딜 수 없네

나 태어날 때
강가에
나무 곁에
머물던 소리

지금쯤 다 흩어졌을지
세상 어디에 쌓여 있을지

함평 밤바다에

깊고 검은 물 위에 떨어지는
한 점 빛이었는가

저 어두운 포구 위를 긋고 가는
희디흰 목덜미

누가 담뱃불을 던졌는지 돌아봤지만
아무도 없었다

가끔 이렇게 허깨비를 본다
머리카락, 음성

함께 자란 친구는 강소주에 간이 녹아 죽었다
소박맞은 여자는 낙지 밥이 되었다

모든 것이 떠나가버린 이곳에서
나는 밤바람에 토막나는 유행가를 부른다

몸통의 절반을 뻘밭에 걸쳐둔 폐선을 보듬고
함평 앞바다는 목이 쉬도록 뒤척인다

선착장에는 갯내가 귀신처럼 몰려다녀
뱃전을 치는 파도가 세 박자 네 박자

그리고 가물거리는 눈동자 위에
바람은 연신 휘갈겨 쓴다

하늘만큼의 사연을
하늘만큼의 공허를

꼬마 광대에 대한 기억

나는 모르지
고향집 들판 어스름 속을
혼자 떠난 황새
그것이 너인지 아닌지

발 하나 옮길 때 위태로이 구부리던
줄을 타다 몇 번 쓰러질 뻔했던
어릴 때 곡마단에서
외줄 타던 어머니가 도망쳐
온종일 분장실에 숨어서 울던
그 한쪽 발이 네 건지 아닌지

외롭고 막막할 때 그 애가 되어
하오의 무대를 가로지른 외줄처럼
가지만 올 길은 없는 거라 믿으면서
아 삶이라는 게 정말
가기 위해 있는 건지 닿기 위해 있는 건지

나는 모르지
마을 들판 떠난 황새의 뒷날을
줄을 타다
혼자 외줄을 타다
천막 뒤에 숨어 울던 애절한 슬픔

아무도 듣지 못한 머나먼 뒷날을 —

—

서커스

1
나는 걷는다

곡마단 줄광대의 옷소매에 묻은
동체의 사뿐한 반동을 안고

고갯길을 넘으면
세상은 온통 자폐의 마을들

산과 강과 들이 끊기고
정거장과 터미널과 항구가 이어지는
토막 난 세계를

2
너무 일찍 기교를 배웠어
외줄 위는 나의 영토

아무도 세어주지 않는 나이를 흔들며
홀로 걸었어
다 떠났어

눈감고도 헛딛지 않을
한 자 한 자 재어놓은 영토와

박수를 쳐주는 당신들에게 더욱
반항하고 싶은

곡예

저잣거리에서 마구 찍어낸
싸구려 사자성어들아
너무 시끄러운 장꾼 같은 불빛들아

떠들지 좀 마
이 어둠 부디 더럽히지 마

3
얼마쯤 가면 잊게 돼 있지
구경꾼이 몰려오고 조금씩
첫사랑의 동작들이 살아나네

균형 잡힌 몸뚱이와 여문 사지와
때묻은 표정들

바람 불었어 오늘도
죽을 듯이 매달려 있었어

4

첫발을 디뎠을 때 내지른 비명에 차였지

뱃속처럼 쓰린 대낮
하루에 몇 번씩 자빠지는 풍경들
저것 봐
불에 타면서 순교자가 바라본
불꽃 속의 얼굴

낮은 가지 끝
부서지는 귀청 가득
환한 장작더미 같은 수천의 불꽃들
저 마약 같은 손모가지들

춤추고 뛰고 아무리 달아나도
절망은 항상 순간에 왔으므로
꿈에서 얻은 지폐처럼
조용하게 반납한 하루였어

5

언제일지 모르는 추락을 예비하며
키에 맞는 낙법을 익혔지
마파람 사납게 포장을 흔드는

하오의 절망을 남김없이 벗는 것은
희망 탓이지
하루 또 하루 멀어지는
길은 얼마나 그리움을 낳는지
수없이 지났으면서 아무도 지난 것을 모르는
외가닥 길은
얼마나 많은 사연이 소멸된 잿더미 같은지

6
아낙들이 찾아간 절터 같았어
사당네 피 받고 태어난
곡마단 줄광대의 밧줄 위에
혼백 눈물 다 버린 꽃
바람도깨비의 모가지를
옷고름에 목매 죽은 처녀귀신 같았어
살풀이하는 발바닥
세월의 튼튼한 동아줄로 엮인
해탈의 거리에 보이지 않게 탁본된
너 같았어 나 같았어

7
징이 울린다
광대들은 저마다

금지된 휴식을 풀어 담배를 꺼내고

재가 탄다
눈알에 닿으면 찔끔 눈물나는 노을처럼

청소를 마치고 출입문을 나설 때면
바람에 부대끼는 천막들

밤이 되면
별빛 또 훌쩍거린다

내가 태어난 시골 장터에는
이 밤에도 권력의 귀에 닿지 않는
숨죽인 말들이 떠다닐지 몰라

먼바다에 떠 있는 나의 광대에게

뱃머리는 뚜우 물살을 가른다
밑창에서 흐느끼는 아코디언 소리
눈앞은 가깝고 내 몸은 멀구나
틀림없이 와줄 것 같은
아버지가 데려온 만주 사투리
들리다 끊긴다
아직 세척되지 않은
텅 빈 어둠만 가득한
브라운관 속으로
사라진 백열몇 나라 어디에
지금도 떠돌까 죽었을까
바닷가 뻘밭 다닥다닥 붙은
칠십억 게 껍데기 하나에
알몸을 숨겨버린 옛날 광대야
네게서 오나보다 저 뱃고동 소리

붙잡을 수 없는 노래

그대 모를 거요
나 감탄할 때 아, 소리 내는
무엇이 있단 걸
꽃 필 때
그 눈빛들 위
꽃 질 때
떨어지는 입술들 위
나 대신 아, 자국을 찍는

나보다 두 살 아래
마마 앓다 죽은 아이
막둥이 나던 윗목에 앉아
오빠, 엄마 고양이, 울어!
했던
그 소리 허공 소리
나인지 아닌 무엇인지

나도 몰라요
낯선 얼굴 근친 같으면
그게 여기 있구나
내 마음 훔쳐 돌아서버리면
그예 훌쩍 가버렸구나
기쁠 땐 없고

우울한 행복의 어스름 속에만
떠다닙디다

그대 보내는 아쉬운 모습
아, 아아
모를 거요 종점이 어디인지
가을 잎 털리고
저 시체 위
가냘픈 저 종아리들 위
아, 흩어져가는 아,
한사코 텅텅 비는 목소리

꽃무릇 피다

추석을 앞둔 밀래미는
꽃무릇만 잔뜩 흐드러지고 있었다

산그늘 처처
참기 힘든 그리움이 도발해왔다

초가을 들녘에 혼자서 엎드려
돋보기로 정성껏 담뱃불을 붙이던 기억

흩어지는 연기, 벼 익는 냄새 사이
ㅎㅎㅎ ㅎㅎㅎ

장터 갔던 아낙네들
산마을 모퉁이를 떼 지어 돌아올 때

철도 안 든 가시내의
가슴에 흔들렸던 기억

폭염이여
모르는 나이에 스쳐 와버렸는가

누구는 유흥가 찾아서 웨이터 하러 가고
누구는 소도시를 옮겨다니는 트럭 운전수

나는 혁명의 나라 고리키처럼
오지 않을 세계를 목놓아 부르다
이제 다 불 꺼진 뒤에

ㅎㅎㅎ ㅎㅎㅎ

울다 그친 순님이의 속눈썹을 닮은
슬픈 꽃무릇만 세고 있구나

약장수들

나는 어릴 때 약장수 굿을 좋아했다
손에는 하모니카, 등에는 큰북, 발뒤축에는
심벌즈를 치는 끈 달린 신을 신고
보여요? 안 보여요 들려요? 잘 안 들려요
부딪치는 발길에 밀려드는 파도에
애들은 가라!
감기 든 날 오후에 이불 속에 묻혀서도
어른들 가랑이를 끼어 다녔다
그리움은
어둠 속 별처럼 허기진 가슴에 빛을 뿌린다
약장수가 오면, 약장수가 와서 또 굿판을 벌이면
팡팡 쏟아지는 말씀의 포탄들
새떼도 놀라고 낮달도 아득히 머리 위를 떠가지만
석양이면 장터는 멸망한 왕조처럼 빈터만 남는다
돌아서면 아무것도 남는 게 없는 것을
약장수 떠들던 제품도 효능도 썰물에 씻겨
알겠어요? 모르겠어요 생각나요? 아무 생각 안 나요
그래도 세상은 장터로 변하여
정치도 시도 약장수들 판이다

사라진 마을에 대한 기억

밀래미 사람들은 세 가지 말을 하지 않아요. 미안해요, 사랑해요, 돈이 필요해요. 그런 말 하는 자를 약장수라 했어요. 사람의 귀만 보면 나팔을 불고 손뼉을 치는

백 년을 다 살아야 삼만 육천 날, 봄 조개 가을 낙지 찾다 보면 임자도 모르게 머리카락에 서리 내려!

불타는 혀는 장터를 태우지요. 꼬맹이들은 어른들 가랑이 뒤에 숨고

애들은 가라!

장터는 전리품에 넋을 잃어요. 동남아시아에서 왔다는 뱀도, 아프리카의 원숭이, 시베리아의 늙은 독수리까지, 그러나 파장이 되고 땅거미가 지면, 약장수의 입에서 쏟아져나온 말들은 별똥처럼 아득히 세상의 지붕 위로 떠내려가요. 그뒤에 남은 것은 존재의 그림자뿐. 그 많은 인파의, 그 흥겨운 풍악의, 다시는 오지 못할 수줍음의 잿더미들. 것봐, 불타는 혀들이 휩쓸고 가면 사라진 마을에 남는 것은 시커멓게 타버린 신들의 변사체들.

중년

아침 느지막이 혼자 일어납니다
"잠산(山)에 뫼(墓) 썼냐?"도 없이
혼자서 밥 먹습니다
"턱밑에 구멍났냐?"도 없이

성묘길에 가끔 소식 듣곤 합니다
고향 사람들 말이
제 모습이 영락없는 아버지래요
그 많은 숙제 좀 가져가버리세요

이제는 저도 바람이어요
형님 집 혼자 가서 제사 지내고 오는 밤
애비가 와도 저처럼 일어날 줄 모르는
컴퓨터 앞 아이는 왜 이리 낯섭니까?

불현듯 멀어지고 있어요
대답 좀 하세요
내 안 어딘가로 떠나가신 아버지
멀어져서 영영 아니 오시는 아버지

산그늘

아침 신문에 나왔다 언제나 나의 서쪽에 살던 봉우리

해 질 때 우는 것같이 술 팔고 국밥 파는 주막집 앞마당 왕골껍질 널린 개똥 치울 때 아버지 눈치보며 소똥 말똥 빗자루로 쓸 때 감쪽같이 와 있던 산그늘 유랑극단 머물면 주막은 도회였어 밤마다 떨어진 별빛 묻힌 초가지붕 양철지붕 다 덮어 전봇대의 변압기 전선줄 사이 산그늘이 내리면 세상 끝인 듯 낮고 낮은 밑바닥인 듯 힘들고 슬퍼도 새엄마 눈치보며 마당 쓰는 아이 잠깐씩 허리 펴고 고개 들어올려 보던 이름이 영실봉(靈失峰)인 줄 알았는데 커서 보니 연실봉(蓮實峰)이었던 영혼을 잃는 거나 진창에서 피는 거나 이승 아닌 건 마찬가지였지 그래도 몽달 빗자루 방앗간 도깨비 가득찬 지상의 높은 곳에 서서 뒤꼭지를 훔쳐보던 해 질 때마다 내 목덜미에 내려오던

산그늘이 오늘 아침 뉴스에 나왔다 옆구리에 지존파 살인 공장 차렸단다

30년이란다
―광고 졸업 30년을 맞는 친구들에게

그리움도 차면 넘치나보다
흩어져서 서로 목말랐던 친구들
옛날 그 이마 맞대고 모여
그리움에 터지는,
참았던 욕지거리도 노래가 되나보다

나이 쉰에도 3학년 4반이구나
방학 하나 지나고 만나는 것처럼
보자 이보자 반가워 외치면
어리어리 잊혔던 빛고을이 살아오고
굴뚝 연기 같은
외줄 그리움이 피어오른다

대인동 차부, 체 내는 길목, 계림동 헌책방
비좁은 도로변에 일렬로 서서
지나가는 것처럼
광고 푸대 가방 하나씩 옆구리에 끼고
걸었던 것이 30년이란다

대문 없는 고향집 울타리 위에
듬성듬성 열린 조선 애호박처럼
덩이덩이 매달린 넝쿨들
서로 지탱하고 정들었던 친구들

교수도 되고 사장도 되고
아버지 시아버지들이 되어도

비뚤어 쓴 모자, 불멸이구나
단추 풀린 교련복, 불멸이구나
여학생 꽁무니 밟던 바람 든 총각
모두모두 그대로 하고
오늘은 누가 송창식인가
30년을 제자리에서 도는 축음기판 같은
목소리로 '날이 갈수록'인가

그리움도 차면 넘치나보다
흐르기 위해 물이 잠깐씩 고이듯
지나온 시절이 모이고 고여
이렇게도 멀리 흐르나보다
고인 물은 가나니
썩지 않고 가다보면 길에서 그 길에서
또 한 시절이 다시 오나니

봄 트로트

강물은 오늘도 바쁜가보다
그 위로 버드나무 잎잎이 지고
하늘만 촌스럽다 나 같다
오늘밤을 안 넘기고 섞일 것 같은
젊은 남녀의 아슬아슬한 뒷모습
어째야 쓸거나
저것이 스무 살 먹은 나라면,
그와 팔짱을 낀 열아홉 숙자라면
고약한 세월아 불지 말거라
폐창된 포구에 셀 수 없이 오가는
밀물 썰물의 잔소리는 식상하고
내 마음은 어서 해 지는 쪽으로 간다
오늘은 유성기 가락이 그립다만
방금 스친 유람선, 기억조차 멀다
바보같이 사느라 놓쳐버린 날들아
종소리처럼 부서져 얼굴도 없는
사랑의 자국, 서툴게 욕망한
온갖 꿈들의 흉터
살찐 봄볕 아래 엎질러진 날
에효,
금방 불탈 것을 눈치채지 못한
국보 1호 같은
나의 봄 하루

4부

나는 여전히 과거 속에 산다

버림받은 시

나는 이제 미국 대통령보다 연장자가 되었다

젊음들, 한없이 뻗어나간 산과 들을
비행기가 북북 지우면서 날아간다

무중력 무기력 무중력 무기력
땅거미가 내린다

어떤 자는 자신의 감정이 크고 위대한 줄 안다
성공한 사람들
권력자들
깡패들
대통령들

몰라
인간이 외로움을 견디는 게 얼마나 어려운지

그래도 메달 없이 은퇴할 스케이트 선수가
아우들의 뒷줄에서 사진을 찍는 모습이 TV에 비친다

부처님의 깨달음은 여기까지뿐만이다
세존이시여 스스로 버림받은 자여

내일 날씨는, 체념 속에 익은 열매를
찬바람이 쪼아대는 풍경이 예보되고 있다

식상한 예술가의 초상. 하나

철거를 앞둔 육교 아래 음식물 쓰레기를 몰래 버린 중산층 부인이 혼나는 장면을 애완견이 보고 있다 히

날씨 탓인가 남북 대항 축구에서 어디가 이겼는지 묻자, 아내 왈, 우리 편이 이기고 너희 편이 졌다! 히히

서울에서 남북 장관급 회담이 열린다고 늙은 반공 용사들이 가스통을 들고 나가 시위를 하고

나이 마흔에 백수가 된 남쪽의 시인 하나는 귀 얇은 소녀에게 연애편지를 쓴다

제임스 조이스의 한 구절을 훔쳐,

"어머니, 데려가주세요 여기 있으면 아파 쓰러질 것 같아요"

식상한 예술가의 초상. 둘

열대성 저기압이 거대한 괴물처럼 한반도를 꾸우욱, 밟
고 있었다

밑에 깔려 뻘뻘 즙을 흘리는 중생들

그 시간에, 배고픈 인민군 병사는 휴전선을 넘어서 밥을
훔쳐 먹다 잠들고

그 시간에, 대한민국 지피(GP)에서 자의식 강한 졸병 하
나는 회식을 끝낸 고참들을 줄줄이 살해했다

그 틈에도 꾸역꾸역 무더위가 밀리고

아, 날이 저물어도 괴물은 돌아가지 않는다

이 숨막히는 지상에서 조선작가동맹의 인철이는 인민의
나라를 위한 소설을 쓰고

평양
—비가 내린다

비가 내린다
지구의 구부러진 모퉁이 위에
교과서에서 한반도라고 가르쳤던 탈북자들의 산하에

비가 내린다
닫힌 창문 같은 얼굴을 한 아이들의 표정 위에
야윈 풀잎과 외로운 나무들과 강가 벌레들의 집 위에

비가 내린다 비가 내린다
끝도 없이 배고픈 사람들처럼 함흥 아바이의 손풍금 소
리처럼
밤새는 누이의 흐느낌처럼

하늘이 죽죽 물을 붓는다
연료가 바닥난 뒷골목이 젖는다
작업복을 빠는 아낙네의 등짝에서 칭얼대는 갓난애의 고
향집이 잠긴다

뉴욕 월스트리트 125번가 햄버거 가게에서 다이어트하는
백인 아이여
에이브러햄 링컨이 그려진 달러 지폐 다섯 장을 모아서
휘트먼의 시집 『풀잎』을 사는 소녀여

너는 비가 어떤 슬픔을 일깨우는지 아는가
외로운 사람이 빗속에서 얼마나 차가운 상실감에 젖는지
흐르는 도랑물이 대지를 떠나면서 마지막으로 부르는 노
래가 누구의 것인지

나는 조지 부시의 악의 축이 된 어린 학동들이 줄지어 선
처마밑에서
십자가를 끌고 가는 예수의 발자국이 철벅거리는 소리를
듣는다
나는 석가모니가 지은 쌀밥의 김이 허공을 우짖으며 흩어
지는 것을 본다

대동강 어린이 빵 공장 앞에서도 평양 남새상회 탁아소
앞에서도
비가 내린다 베이루트여 비가 내린다 바그다드여
비가 내린다 미제(美製) 폭격기가 항로를 표시한 도시의
어머니들이여

비가 내린다
비가 내린다 비가 내린다
밤도 낮도 잊은 이 시대 인류의 추문같이 술주정같이

북행

기러기 날다 미끄러져 눈 내린다
무리에서 쫓겨난 수노루가 서 있는
저 춥고 쓸쓸한 곳
쏟아지는 겨울 볕은
쬐는 자의 것인가 내리는 자의 것인가

인민들은 모른다 남쪽에서 보낸
석탄 운송 차량 하역한 들판에서
땅바닥까지 뜯뜯 긁어가는
아이들

표정이 바람처럼 맵구나
논둑 아래 몸 낮춘
어깨 위 자루 안에 오늘밤 불에 탈
석탄 아끼지 말아라

개새끼들!
남들 불행한 틈에서 잘된 놈들
좋냐?
권력이 벼슬이고 돈이 벼슬이라

무리를 등진 노루여 그대는 복되도다
세상은 애오라지 아득할 뿐인데

다들 흰 그늘 흰 그늘 흰 그늘
속에서 허우적대다 흐린 하늘 부서져 쌓이는
어지러운 길가에
꿩 한 마리 추락해 눈사태가 또 인다

예언자

나는 기억한다. 그가 우리와 함께 살던 때를
세상은 넓었고—마치 바다와 같았다
땅은 흔들렸다—나는 그것이 큰 배라고 생각했다
아버지들은 성난 파도 속에서 노동을 하고
어머니들은 부서진 갑판 위에서 우리를 길렀다

나는 그곳의 푸른 벌판을 기억한다
봄바람에 진달래가 히히히 수줍음을 타던,
가을마다 나뭇잎이 붉게 붉게 타올라
겨울이면 까맣게 재가 되던 날들을
그리고 그 밑에서 꿈꾸던 생의 보이지 않는 미래를

그날의 기억들은 먼지 낀 그림처럼 뇌리에 남아 있다
마당은 언제나 좁았다
사람과 사람들 사이에
마음과 마음들 사이에, 금이 간 유리 같은 분계선이 있
었다
그것은 국경선보다 무섭게 우리의 내통을 두절시켰다
거미줄처럼 희미한 선 하나를 사이에 두고
형제들은 서로 얼굴을 잊어갔다
꿈꿀 때도 그 너머 하늘 밑은 보이지 않았다

그러면서 꽁꽁 묶여갔다

갈라선 안 되는 사람들을 갈라놓았기 때문에
떼어놓을 수 없는 것을 떼어놓았기 때문에
전쟁은 언제나 코앞에 있었다
아래쪽에서 외국 군대를 불러 군사훈련을 시작하면
위쪽에서는 내내 밤잠을 설쳤다
위쪽의 병사들이 분계선 근처에서 사격 연습을 하고 가면
아래쪽의 정치판은 180도로 뒤집혔다

소나무를 감아버린 칡넝쿨과 같았다
칡넝쿨을 놓아주지 않는 소나무와 같았다
양쪽의 병사들은 분계선 옆에서 하루에 24시간씩 총을 들
고 서 있었다
그것이 각자의 정치요 자유였다
그것이 각자의 안보요 평화였다

나는 기억한다
처음에 작은 교회의 목사님 한 분이 그 법을 따르지 않
았다.
정치가도 혁명가도 모세도 아니었다.
다만 우리 운명의 비밀을 알았던 것
"바위를 뚫고 그뒤에 핀 꽃을 봐야 한다고!"
다만 우리 의식의 반쪽이 퇴화된 신체 기관처럼 불구인
것을 알았던 것

"벽을 문으로 알고 한번 부딪쳐보라고!"

우리가 길을 잘못 들어섰다고 슬퍼하곤 했다
그는 신랑이 신부 방을 찾듯이 감옥에 간다고 웃기곤 했다
22개월 옥살이하고 6개월 설교하고, 15개월 수감되고 11개
월 강연하고
가두는 자가 쓰러질 때까지, 미워하는 자가 미쳐서 정상
이 될 때까지
여섯 번, 얼마나 힘들었으면 '신랑이 신부 방을 찾듯이'
냐!
감옥에서 나오자 머리를 깎고 수염을 기르고
마음의 병을 고치고 다녔다
마음의 병이 몸에서 왔다 하여 나중에는 육신의 병을 고
쳐주고는 했다

나는 기억한다
그가 마침내 폭력의 세기를 빠져나갈 비상구를 찾아낸
1989년 3월의 대낮을
나는 기억한다
그가 외치다가, '발바닥으로 외칠 거야' 외치고 다니다가
심장이 터져서 누워버린 겨울밤을
묘지에 묻히던 순간에도 형 집행 정지자였다
그날 밤, 하늘의 별들이 모조리 쏟아져버릴 것 같았다

(그가 죽은 후에도 위정자들은 몰래, 이것이 중요하다 사
람들 몰래
그에 대한 추억을 범죄시하고자 노력했다
그것은 우리의 운명을 잇는
어제와 오늘 사이의 모든 다리를 파괴해버렸다
그것은 지금도 오늘에서 내일로 가는 다리를 쉴 새 없이
파괴하고 있다)

그의 묘지는 지금 흰 눈에 덮여 있다
아무도 그것이 하늘이 지상에게 내린 하얀 죄수복임을 깨
닫지 못한다
그것이 그새 10년
무섭다, 그가 남긴 발자국이 바람에 지워지고 있다
무섭다, 그가 했던 말들이 연기처럼 흩어지고 있다
무섭다, 그를 목격한 눈들이 그믐달처럼 줄어들고 있다
무섭다, 무섭다, 무섭다, 우리끼리 남은 세상이

2008년의 청계천을 사유하는 촛불들

누가 뼈를 태운다
곁에서 그 곁에서 하얀 목련이 탄다
미완의 체제가 빠져나간 천변에서
아이들이 꿈꾸나보다
작은 빛이 깜박여도 세계가 흔들리지
저 차가운 은유
몸에는 없으나 마음에는 아직 잔상이 남은
옛 마을의 저녁 집으로 새들이 날아간다
시골 장터에서 만나던 쥐약 장수 퍼포먼스
지하철에서 듣던 〈탄핵천국 명박지옥〉 패러디
불꽃은 소리를 내고 일제히 투덜대고 모두 중얼거리고
그 틈에도, 한길에서 뒹구는 삶을 죽음을
우주가 안고 숨쉬고 있다
그중 하나의 심연에서 발생된
아주 작은 고통도 세계의 고통이다
시궁창을 흐르는 순례자들이여
청계천은 옛 도가들의 성지였다
그림자뿐인 중생들이 까닭 없이 거룩하여
나도 나를 세상 속에 파묻는다
더럽지만 사랑하고 혹은 거기에 몸을 던지기 위해
혼의 구석, 마음의 귀퉁이, 정신의 어떤 모서리에서
육신은 타고 있는 존재의 찌꺼기에 지나지 않지
그래도 생명은 비출 뿐

아이들은 늠름히 타오른다
흔들리는 어둠 속에서
영원히 발밑에 놓인 조용한 세계를

컬트 서울

신년 하례식의 거리는 선동가였다

부자 되세요 부~자 되세요

풍금 같은, 그녀 이 같은
가지런한 건물 앞에서

수치를 잊은
2월 3월 4월 5월
계단도 오르다보면 중독된다

아, 나무마다 슬픔의 귀가 있었던들
그대 혓바닥 뒤의 신음
뿌리에서 올라오는 힘겨운
한숨을 듣고 푸르렀던들

황홀한 꽃들은 성급히 요절했다

백화점, 은행 창구들 앞을
바쁘게 휘어지는 청계천
끝에서 끝까지 쥐떼가 몰려가고

한여름 쓰레기통 복판에서

푹푹 찌는 갈채를, 갈채의 폭염을
외롭게 전하던 여배우도 죽었다

뉴타운 성터에는 옛 부족들이 타고
타고, 타던 발등 위
연료는 바닥나고 사랑도 꺼진다

송년의 추위에는 팔 묶인 가로수가 떨고 있었다

사라진 별을 기리는 노래

어디였을까? 그 별이 마지막 빛나던
행인조차 사라진 겨울 거리에서
새가 날듯이 칠흑이 움직였어.

영원히 끝나지 않을 것 같은 밤의 터널에서
부서진 벽돌과 깨진 유리 조각과 자욱한 최루가스 안에서
외로울 때 견딜 수 없을 때
새 우는 소리. 몰라, 어디서 날아오는지
폭력과 고문과 잔인한 파괴 속에서
달아날 데라곤 없는 막다른 골목에서
죽고 싶을 때 나약하다는 사실이 너무나 비참할 때

그 별이 칠성판에 누워 있었지

아냐, 목소리도 아니고 향기도 아니고
나는 얼마나 울었는지 몰라
광장을 지날 때 옛날 사진 속 피 묻은 얼굴이 부를 때
다들 낭떠러지 두려운 절벽 끝에서
현기증 속에서 들었어.

어찌하여 시궁창 같은 날들이 계속 흐르는 걸까?
누가 모든 것에는 끝이 있다고 했어

승리의 환희 앞에서 축배를 드는
한때의 수도승들이 늠름한 장군처럼
제도와 권력의 블랙홀로 도취해 들어갈 때
세상은 날마다 진보하는 거야, 수다 떠는 도시
골목과 골목, 사람과 사람 틈을
탐욕의 홍수가 우당탕 쓸고 갈 때

너도 찾아봐
투사가 따뜻함을 버릴 때
고독한 행군을 함께한 수많은 동료 실패자들이 망각되고
혁명이 거짓 희망에 들떠 자제력을 잃을 때
보이지 않는 별!

나라도, 나만이라도 수렁을 빠져나가야 해
요령부득일 때 바보 취급을 받을 때
순진하다고 이상주의자라고 놀릴 때
나는 어둠을 더듬어 찾고는 했어

이제 민주주의의 시대는 갔다고 말할 때
감옥에서 오래 산 순서로 병들어갈 때
고문당했던 이들이 죽어갈 때
셀 수 없이 많은 촛불 사이로
무너진 역사의 잔해에 깔린 부상자를 꺼낼 때

너도 용서할 사람이 있다고 했지
불러봐. 그러면 긴긴밤을 비추고 외면당한 낮달이 보여

쓰나미에 허우적대고 지진을 만난 사람들
지구 곳곳이 전쟁터였어
포탄에 깨진 하늘, 지붕과 창, 우는 아이들
막다른 골목에서 우주의 방치된 중심에서
아직도 얼마나 많은 생명이 굶주리는지
그때 그 별을 불러

사랑을 믿을 수 없을 때
따사로운 정오의 햇살이 낡아 보일 때
간절히 바라던 일이 하나도 이루어지지 않을 때
탐스러운 눈송이들이 허술한 나뭇가지 위에서 녹아버릴 때
모두 괴물이 된 것 같아. 심지어는 나조차 믿을 수 없을 때
그때 저 멀리서 떨고 있는 별의 이름을 불러

거기 불타버린 희망의 음성이 남아 있지 않을까?
쓰다 버린 낡은 휴대폰 폴더에
새로 구입한 스마트폰 카카오톡의 난삽한 사투리들 속에
그래도 고독의 흔적이 남아 있지 않을까?
인류 진화의 최전방에 다다른 양심의, 지성의, 자유의 이

니셜

　GT*. 어느 겨울 새벽빛 속으로 떠나버린 목소리

　GT. 아, 사라진 나의 별

* 김근태의 동료들이 김근태를 지칭할 때 부르던 이니셜.

인터넷 반군들

막이 내리면 관객들은 모두 극장에서 쫓겨나
구차한 일상으로 되돌아가지

한동안 정부는
여배우의 이름으로 법령을 만들었다

모두 목을 뽑아라
앙상하게 벌거벗은 극탐(極貪)의 가지들!

미친 교회당만 차임벨 소리

좌절을 색출하는 사제들은 춤춘다
어느 도시의 시민들이 날마다 줄어든다

그러나 제국의 기슭에서는
시위를 마친 나무가 창가에 앉아
밤새 자지 않고 키보드를 두드린다

"숨소리조차 거짓말인 정부—권태로운 창*"

* 포털 '다음' 토론방 '아고라' 아이디 '권태로운 창'은 2008년 촛불
집회를 주도한 혐의로 구속되었다.

이슬 묻은 꽃잎을 줍다

네가 부르던 노래라 했지

손에 닿지 않았어

마당에 잔뜩 쌓여 있곤 했어

만나면 늘 부라린 눈매

대장 부리바라 놀리곤 했던

이마 위 붉은 점

탈 만큼 타고 탈 대로 타고

황망히 가버렸구나

서대문에서 헤어지고

먼 아침 새소리 밑에서 줍다니

명천 선생

그의 눈에는
물 한 대접이 바다만큼 컸다
돌멩이 하나가 금산사 미륵만하고
쌀 한 톨이 황산벌 낟가리만했다
그래도 백성들은 국밥을 말아먹고
떠들다가 취하거든 배고프다고 울었다

그 입맛은 누구도 알 수 없었다
신 것도 매운 것 같고 짠 것도 싱거운 것 같고
기쁨도 슬픔도 모자 밑에 감췄다
칭찬도 욕설도 틀니 뒤에 숨겼다
그런데도 백성들은 허기진 논바닥
목마름 타들어 쩍쩍 갈라진
입속의 가뭄을 그 앞에 내보였다

1등도 하면 안 되고 꼴등도 하면 안 되어서
밥으로 내장을 채운 게 아니라
이른봄 햇살 같은 간절함으로 채웠다
꿈속을 뒤시락거리며 죽은 말을 찾아내고
말라버린 냇가에도 물줄기를 대었다
휘갈기면 잔소리도 시가 되고
고향 사람 흉보기도 미학이 되었다

아, 장소를 망각한 유년의 오솔길처럼
생애에 한 번뿐인 숙명의 노래처럼
우리 곁을 다녀간 보령 형상이여
험한 세상 시달려서
조선 글자로는 가장 아름다운 철자들을 조합시킨
충청도 사투리여 울며 부서진 물소리여
영원히 오지 않을 옛날 옛이야기들이여

신동엽 생가에서

비 온 뒤의 부여는 훌쩍대는 여자처럼 말을 하지 않는다 내가 왜 그 앞에 서 있는지

가난한 시인이 사춘기를 보낸 마을에서 그림자는 찢기고 바람은 부서지고

제길, 낮에 지렁이가 놀던 곳을 피해 오줌을 눈다

거미와 별 사이엔 무엇이 있는지 내 마음이 별을 만지고 저 별이 내 마음에 들어오는 접촉이 있는지 그런 사랑이 있는지

생명이 생명임을 눈치챌 수 없는 먼 곳들이여

나는 여전히 과거 속에 산다 사랑도 사랑을 잃었을 때만 노래할 수 있었다 물고기가 물에서만 노는 것처럼 나의 별빛을 빠져나가지 않는

이슬 같은 현실이 늘 괴로웠노라

그리고 달빛만 괴괴한 밤을 오늘도 혼자 부둥켜안고 잔다

해 지는 집

큰형님 군의원 출마하여 돌다보니
40년 전 당숙네 고샅이었다

키 큰 육촌 형이 뒹굴던 쪽방 앞에
떨고 있는 감잎들

어디서 굴삭기가 공사를 하나보다

내 손은 너무 작아서 코드를 잡을 수 없었다
A마이너, C, D, F

〈해 뜨는 집〉을 부르던
수컷도 암컷도 멸종된
공터에서 풀숲이 술렁거린다

마을은 포탄 맞은 진지처럼 석양에 불타고
검은 연기 솟구친 구름장 위에서
당숙모는 운다

A마이너, C, D, F

그 동네 문화유산
통기타의 유골은 어디 갔을까

별빛 뒤에 서 계신가봐
—사모님 영전에 엎드려 외우다

나는 무슨 말을 드려야 할지 몰랐어
분명히 앞에 계셨는데
너무 컸나봐 빛이 환해서 안 보였나봐
조심스럽고 어렵고 이름조차 외울 수 없는
사모님, 수십 년 우리 글쟁이들의 사모님

『소태산 평전』얘기할 땐 청중 속이었어
얼마나 황송했는지 몰라
원불교가 아직 얕아요. 김선생 말 안 들을까 응원 왔어요
사모님께는 나도 '한울안'이었나봐
익산 강연 때도 연구소 발제 때도
끝나고 찾아뵀더니 이미 가셨어

전쟁 때 개성교당에서 오셨대
나는 '노마드 개성교당'이니까
편하게 떠들었어. 원불교에 숱한 얘기가 숨어 있어요
그럼 김선생이 써봐요. 우리가 여건 만들까?
나는 그 우리가 장적조, 최도화라 생각했어
이공주, 황정신행이라 여겼어
집집마다 드리운 선천의 장막을 치우신 분들

아픈 몸 그대로 하늘이었던 게지
이 시대의 미륵이 재가 여성의 눈빛 속에 있는 걸

왜 몰라. 나도 한번 말씀을 들을 거야
한 주 두 주 끌다가 한 달 두 달 벼르다가
끝내 놓치고 오늘이야. 저봐
꽃이 피고 다시 지워진 뒤에
새가 날아간 흔적 같아
바람이 말끔히 쓸고 간 자리 같아

그 쟁쟁한 목소리 여기 남겨놓고
닿을 수 없는, 오감을 초월한, 안타까운
저 별빛 뒤에 서 계신
저 나뭇잎 뒤 저 거미줄 뒤
한없이 외롭고 눈부신
소태산의 금강이 되신 사모님

시간의 물살 위에서

모두 가버렸어

이른봄, 이른 아침, 이른 가지들까지
여린 새싹도 잠 깬 나비도
뒤에 두고 단숨에 내달려버렸어

누가 이곳에서 꽃을 피우다 말았는지
나무들은 그 밤 왜 몸살을 앓았는지

폭염 속 매미들이 경전을 외는 동안에도
학생들은 수장된 파도 위를 우우 야유하고
살인범은 바람처럼 도시를 지배하고
군인들은 날마다 전쟁 준비를 하고

너무 낯선 시간의 물결

광장을 가득 메운 탄핵의 발자국도
사드 배치에 반대하던 당신의 기도 소리도
희미한 우주의 나이테를 그리며
하나의 원 속으로 동동 떠내려가서

어디쯤 멈출지 나는 모르지
무엇이 여기까지 왔는지

무엇이 더 뻗어가지 못하고
남은 허공을 그리워하는지

그리고 다시 꽃이 잠든 저녁처럼
밤이, 하늘이, 겨울이
말없이 내 곁을 떠나는 걸 보네

해설

통속성의 미학화
이태광(문학평론가)

오늘 여기에서 김형수의 시를 읽는다는 것은 어떤 의미일까? 겸연쩍은 말투로 시인은 "요즘 읽히는 시들은 아닌데"라고 운을 뗐다. 이처럼 시에 시간성이 있는 것이라면 영원한 시도 없는 셈이다. 그렇기에 읽지 못할 시가 있을 리 만무하다. 모든 시는 일시적이기에 영원한 것이다. 그의 시를 읽자니 새삼 그와 내가 맺었던 인연이 떠오르지 않을 수 없었다. 감히 말하자면, 지금의 나를 만들어준 8할은 바로 20대 때 만난 김형수의 영향이라고 할 수 있다.

당시 갈 길 몰라 헤매던 나의 청춘에게 그의 존재는 먼 산등성이에서 빛나던 작은 암자의 불빛 같은 것이었다. 어디 시뿐이었겠는가. 그와 나눈 이야기들이 후일 홀로 북구의 대학 기숙사에 앉아 밤을 밝히며 책을 읽을 때 한 번씩 빛바랜 사진처럼 지나가기도 했던 것이다. 사실 그가 보내온 시를 읽으면서 이렇게 감상을 이야기한다는 것이 개인적으로 감개무량하다. 나에게 그의 존재는 결코 작은 의미일 수 없기 때문이다.

예나 지금이나 김형수의 시는 주마등 같은 노래라는 생각이다. 시라고 적혀 있지만, 사실상 삶의 굽이굽이를 돌아 나오는 가락이 그의 시를 빚어낸다. 과거에 대한 노스탤지어가 아니라 지금 여기에서 다시 그 과거의 의미를 되살려내려는 결기가 묻어난다. 그렇다고 오직 날 선 긴장이 팽팽하게 시위를 당기고 있는 것은 아니다. 오히려 그의 음조는 자장가처럼 울린다.

그의 시가 오늘날 낯선 이유는 이미지보다도 서사에 더 무게를 두기 때문일 것이다. 여전히 그는 리얼리스트이다. 만나서 이야기를 나눌 때마다 그는 평소 관찰한 촌철살인의 언어들을 던지곤 했다. 그의 시는 이런 '발견들'이 지층처럼 누적된 결과물이다. 이런 켜켜이 쌓인 언어들이 낡은 느낌보다도 두터운 느낌을 주는 이유는 전적으로 그의 시에 내장된 따뜻한 시선 덕분일 것이다. 그러나 그를 닮은 시들이 차분히 훑어보는 세상은 그렇게 평온하지 않다. 단순히 감상에 젖어 시문이나 읊조리는 여유를 자신에게 결코 허락하지 않는 시인이다. 시인은 이렇게 노래한다.

천지가 욕이다 한 송이 서너 송이

어려서 늘 아비 뒤에 숨더니

커서도 양아비 병풍처럼 세우고

무화과에 꽃 필까 가리고 싶지?

햇빛도 나비도 몽땅 다 가져라

두어 송이 대엿 송이 열아홉 스무 송이

냄새도 없이 모양만 요란한

　헛꽃 밤낮 피어 있어도

　열매 하나 맺지 못할 요망한 것이

　때깔 고운 건 알아가지고

　자세 나온다 에구에구 박수 쳐주마
—「헛꽃」 전문

　리얼리스트의 면모가 여지없이 드러나는 시이다. 그는 '헛꽃'을 부정하지 않는다. 오히려 시인은 헛될망정 "때깔 고운 건" 인정한다. "열매 하나 맺지 못할 요망한 것"이지만, "자세 나온다"고 받아들인다. "냄새도 없이 모양만 요란한/ 헛꽃"을 그는 포기하지 않는다. '헛꽃' 아닌 진짜 꽃이 무엇인지 그는 알고 있음에도 그 진실을 강요하지 않는다. 그의 시가 보여주는 미덕이다. 슬프면서도 간결한 마음이다.
　리얼리즘 시의 핵심은 무엇보다도 사물과 언어의 조응관계를 살피는 것이라기보다 비례적 재현을 서사를 통해 달성하는 것에 있다. 그래서 그의 시는 화자를 중요하게 설정한다. 언제나 화자는 '서정적 자아'로서 노래한다. 그의 시는 들리는 것이지 읽히는 것이 아니다. 다음 시를 보자.

어릴 때는 어린 노래가 있었다
담양에 가면 외항선을 타던 선배가 양담배를 피우며
항구의 노래를 들려주고는 했다
벽지의 골방에도 시골 논둑에도
노래가 가득차서 천지는 푸르고
기분 나면 읍내 관방천 토끼장까지 찾아가
흘러간 노래를 붙들고는 했다
　　　　　　　　　　　　　—「눈먼 가수의 길」 부분

"어린 노래"는 "흘러간 노래"이기도 하다. 이국에서 만난
낯선 여인네도 "흘러간 노래"를 부른다. "젊음이 끝나도"
다시 살아나는 "메아리"가 바로 "어린 노래"이다. 이 범상
하지 않은 표현은 시인 자신의 시에 대한 반성이기도 하다.
내게 건넨 그 시 꾸러미들이 과연 오늘에도 의미를 가질 수
있을지 끊임없이 되뇌는 진심이 구절마다 맺혀 있는 것이
다. '헛꽃'을 냉정히 바라보면서도 열매조차 맺을 수 없는
공허한 현실을 넘어설 수 없는 시인의 무기력, 그러나 그 무
기력증을 포기하지 않고 보듬으려는 노력이 그의 시로 태어
났다고 할 수 있다.
　시인에게 현실은 "무덤"을 파는 곳이다. "연기 같은 영혼
천삼백 개가 파는 천삼백 개"의 무덤이 그에게 보인다(「나
는 여기 서서 내 무덤을 판다」). 그러나 이 슬픈 "무덤"에서

그는 곧잘 삶의 의미를 찾는다. 몽골이라는 장소가 그에게 그런 곳인 것 같다. "8백 개의 고원"에서 그는 비록 지금은 지워져버렸지만, 용사와 그를 실어 날랐을 백마의 발자국을 발견한다(「8백 개의 고원에서」). 그에게 몽골의 초원은 단순하게 지친 삶을 달래는 휴양지가 아니었다. 또다른 역사와 삶이 꿈틀대는 역사의 언덕이었다.

김형수의 시를 관통하는 하나의 탄맥을 여기에서 발견할 수 있다. 그는 언제나 지워진 흔적에서 시를 찾는다. 아니 그의 시는 그 흔적에서 배어나온 검은 진액 같은 것이다. 탄맥이 잠든 불덩이인 것처럼, 그는 그렇게 숨어버린 불꽃을 캐내어 다시 불을 지피고 싶어한다. 이제는 호치민이라는 이름으로 불리는 베트남의 도시를 굳이 '사이공'이라고 재차 부르면서 "폐허의 성터"에서 울고 있는 "따이한 미망인"을 보는 시인의 시선은 분명 남다른 것이다(「슬픈 열대」). 시인이 떠올리는 베트남 전쟁에서 우리는 어떤 존재였던가. 항상 역사의 피해자를 자임하는 태도에 익숙한 우리가 가해자일 수 있다는 사실을 환기시키는 시인의 목소리가 달갑지 않을 수도 있겠다. 그러나 김형수는 이런 불편함을 마다하지 않는다. 그는 외줄을 타던 "꼬마 광대"의 기억을 더듬으면서 삶에 막막해하지만, 땅에 닿아 있기를 포기하지 않는다.

외롭고 막막할 때 그 애가 되어

하오의 무대를 가로지른 외줄처럼
가지만 올 길은 없는 거라 믿으면서
아 삶이라는 게 정말
가기 위해 있는 건지 닿기 위해 있는 건지
                    —「꼬마 광대에 대한 기억」부분

　그에게 삶은 "누가 남긴 목숨"을 이고 가는 것이다(「날궂
이」). 남의 목숨이 곧 나의 목숨이기도 하다. 그래서 그에게
시는 이 목숨의 기억과 흔적을 기록하고 찾아내는 것일지도
모른다. 그 목숨의 기억과 흔적은 장소성으로 고스란히 되살
아나기도 한다. "밀래미"는 이런 의미에서 지리적인 명칭이
자 동시에 영혼의 기원이다. "수줍음의 잿더미"는 "밀래미"
를 시커멓게 태워버렸지만, 그 "변사체"에서 새로운 삶은 다
시 피어오를 것이다(「사라진 마을에 대한 기억」). 그 삶이 거
룩하다고 시인은 노래하지 않는다. 봄날 흥성이는 트로트처
럼 그 삶은 통속적이다. 그 통속의 한가운데에서 시인은 "촌
스럽다"고 자신의 초라함을 긍정하고야 만다(「봄 트로트」).
　진정 시인이 초라해서 초라하겠는가. 그렇지 않다. 오히
려 그는 자신을 낮춤으로써 높은 곳에서 볼 수 없는 것을
보고자 한다. 20세기 끝자락을 지나 그의 시는 더 넓어지
고 낮아졌다. 그의 눈길은 베트남에서 몽골로 그리고 급기
야 북한으로 나아간다. "악의 축"으로 규정된 북한의 일상
은 소소하다. 그의 눈에 모든 것은 거창하다기보다 통속적

이다. 주점에서 마주친 낡은 주마등 같은 것이다. 그의 시를 한마디로 정의하자면 이런 통속성의 미학화라고 할 수 있지 않을까.

이제 우리가 분노하고 눈물 흘리고 부르짖던 시대는 속절없이 사라졌다. 그 남겨진 시인의 애상을 확인하고자 한다면 특별히 4부를 정성스럽게 읽어볼 일이다. 유토피아에 대한 열정이 사라진 시대에 시인에게 남겨진 임무는 무엇일까. 그의 시는 대답하고자 한다. 하루하루를 비루하게나마 살아내는 삶의 통속성을 사랑하는 길만이 우리를 살게 할 것이다.

> 너도 찾아봐
> 투사가 따뜻함을 버릴 때
> 고독한 행군을 함께한 수많은 동료 실패자들이 망각되고
> 혁명이 거짓 희망에 들떠 자제력을 잃을 때
> 보이지 않는 별!
> —「사라진 별을 기리는 노래」 부분

모든 것을 가진 듯이 으스대는 세상에서 김형수는 '세계 없음'을 노래한다. 백화점과 쇼핑몰에, 아니 인터넷과 SNS에 마치 모든 것이 있는 것 같은 세상이지만, 정작 그 완벽한 세상을 위해 사라져야 했던 것들이 있다. 그에게 한때 존재했지만 이제는 사라져버린 '세계'는 곧 "별"이다. 그러나

이제 그 "별"은 보이지 않는다. 그렇게 "우리끼리 남은 세상"은 "무섭다". 그 무서움을 이기고자 시인은 이렇게 노래한다.

> 그의 묘지는 지금 흰 눈에 덮여 있다
> 아무도 그것이 하늘이 지상에게 내린 하얀 죄수복임을
> 깨닫지 못한다
> 그것이 그새 10년
> 무섭다, 그가 남긴 발자국이 바람에 지워지고 있다
> 무섭다, 그가 했던 말들이 연기처럼 흩어지고 있다
> 무섭다, 그를 목격한 눈들이 그믐달처럼 줄어들고 있다
> 무섭다, 무섭다, 무섭다, 우리끼리 남은 세상이
>
> —「예언자」 부분

4부 모여 있는 시들은 송가(ode)의 형식을 띠고 있다. 누군가를 추모하고, 사건을 기리고, 사라진 것들을 회상하는 시들이다. 이런 시들은 묵언으로 읽기보다 소리 내어 낭송해야 한다. 허공으로 사라졌을 그 목소리를 담아내기에 활자는 너무도 빈약하다. 그러나 사건의 증언자로서 4부의 시들은 폐허를 자임한다. 이 시들을 큰 소리로 읽으면서 그 현장에 모여서 시인의 목소리를 들었을 이들을 떠올려본다. 웅성거리는 소리들이 다시 주마등처럼 스쳐지나간다. 아마도 그의 시는 이런 현실을 되새김하고자 했을 것이다. 그가 "요

즘 읽히는 시들은 아닌데"라고 건넨 시들은 그렇기 때문에 의미를 가진다는 생각이다.

사건의 주체로서 살아남은 화자는 시인 자신일 수도 있고, "요즘"에 적응하지 못하는 과거의 사람일 수도 있다. 과거가 남겨놓은 진리의 흔적을 끝까지 밀고 나아가고자 하는 이들에게 김형수의 시들은 작으나마 위안일 수 있지 않을까. 그의 시들이 타고 넘어온 시간들을 가늠하기에 나의 감상은 턱없이 부족하다. 그러나 통속성의 미학화를 조용히 구현하고 있는 시인의 노래는 수월하게 독자들의 마음으로 다가갈 것임을 확신한다. 그의 시들이 도달하고자 했던 목적지도 바로 그 하나하나의 마음일 것이기에. 비록 "체념 속에 익은 열매를/찬바람이 쪼아대는 풍경이 예보되고"(「버림받은 시」) 있을지라도 그의 시는 여전히 울려퍼질 것이다.

김형수 1985년『민중시 2』를 통해 등단했다. 시집으로
『애국의 계절』『가끔씩 쉬었다 간다는 것』『빗방울에 대
한 추억』등이 있다.

문학동네시인선 129
가끔 이렇게 허깨비를 본다
ⓒ 김형수 2019

초판 인쇄 2019년 12월 5일
초판 발행 2019년 12월 15일

지은이 | 김형수
펴낸이 | 염현숙
책임편집 | 김민정
편집 | 유성원 김필균
디자인 | 수류산방(樹流山房)
본문 디자인 | 유현아
마케팅 | 정민호 박보람 나해진 최원석 우상욱
홍보 | 김희숙 김상만 오혜림 지문희 우상희
제작 | 강신은 김동욱 임현식
제작처 | 영신사

펴낸곳 | (주)문학동네
출판등록 | 1993년 10월 22일 제406-2003-000045호
주소 | 10881 경기도 파주시 회동길 210
전자우편 | editor@munhak.com
대표전화 | 031) 955-8888 팩스 | 031) 955-8855
문의전화 | 031) 955-3576(마케팅), 031) 955-8865(편집)
문학동네카페 | http://cafe.naver.com/mhdn
북클럽문학동네 | http://bookclubmunhak.com

ISBN 978-89-546-5998-7 03810

www.munhak.com

문학동네